KB142845

가장 희미해진 사람

김미소

시인의 말

죽고 싶다고 말하면, 더 살고 싶어져
온갖 아픈 장면을 흔들어 깨웠다

처음엔 나의 이야기를 하지 않으려 했다
괴물이라 불리던 어린 시절의 나,
시각장애를 앓게 된 열네 살의 나,

어제와 다른 내일을 꿈꾸면
슬픔이 조금 더 자랐다

다름을 인정하는 일은
오래도록 아프고 외로웠다

고통이 지나간 얼굴을 닦아 주던 사람
비로소 열병이 지나간 자리를 더듬는다

어쩌면 모두가 희미해진 사람
가장 선명한 계절이 다시 돌아온다

2022년 가을을 지나며

김미소

가장 희미해진 사람

차례

2부 내가 나를 방치하는 기분

3부 나의 잘못이 아닌

4부 버려야 하는 것만 남기고

해설

1부
잃고 나면 아름다운 것들

가족

열일곱, 동생들이 잠든 밤에
아버지와 어머니는 나를 앉혀 두고
더는 함께 살 수 없다고 했다

스님이었던 아버지는 산속에 살고
엄마와 동생들과 마을에
사는 우리 식구들
함께 사는 게 아닌데

함께 살 수 없다는 게 뭔지 몰랐다
아무것도 모르고 곤히 잠든
막내의 천사 같은 얼굴

무슨 꿈을 꾸는지
방긋방긋 웃었다
속눈썹이 어둠처럼 깊었다

다정한 돼지

그건 이미 지나간 구름, 감정 없는 인간을 고기라고 부르자, 다정한 가족을 해체하고 싶다 정숙하지 않은 기분을 숙성시켜야, 가끔은 냉동고 속 근황을 살핀다 돼지들은 잘 있습니까 아무쪼록 변질되지 않는다 돼지는 돼지일 텐데, 냉동고 틈 사이로 흐르는 핏물은 왜 흥건해지는 걸까 바닥이 고이는 건 왜 도축당한 사람은 아무도 없는데 피를 흘리잖아, 틈을 노리잖아 이건 냉동고 옆 망초꽃이 어른이 되어도 밥을 굶어도 키가 자꾸만 자라는 것과 같은 일, 죽어서도 등급을 얻습니까 어른이 된 것 같았는데, 완성된 인격인 줄 알았는데…… 변이된 돼지입니까 돼지들은 그들만의 언어로 답한다 꿀꿀, 그래, 진화하는 돼지가 돼야지, 회피하는 창문과 문밖의 사정, 누군가 고기를 굽는지 연기가 피어오르는 금요일 화목한 돼지들은 사려 깊은 저녁을 품고 사니까, 그걸 행복이라 말하면 눈이 따갑다 돼지의 얼굴이 일그러진다 돼지와 나의 그림자가 겹친다 두 손으로 표정을 움켜쥐며 걸어 들어간다 전원이 꺼진 냉동고로

사춘기

나를 괴물이라 놀리는 아이의 이름을
벽에 적고 빨간 줄을 긋는다
완벽한 거미집, 사람을 찌를 수 없으니까

한 사람의 이름을 가두고 조금 웃는다
주워 온 벽돌을 곁에 두고
힘껏 내려치지 못한 마음의 균열
내일을 고백하듯 중얼거린다
방 안 가득 포자가 떠돌았지만
벽돌은 교감을 모른다 교감 선생님이 잡아당겼던

귓불이 따갑다 벽돌은 가만히 듣는다
울음을 듣는 법도 연습이 필요하니까
아빠가 집을 떠나는 나쁜 꿈이 사라지도록,
수맥이 흐르지 않도록 주먹을 쥔다
듣는 귀가 늘어난 것만 같아 자는 척한다

연기가 조금 늘었다 연극을 사랑할 수 있니,

밤의 역할은 가만히 웅크려 귀를 막는 것
두 손에 마임이 생긴다
울음은 나를 가두는 작은 집
바깥에 슬픈 귀가 더 있다

손가락은 거미를 흉내 낸다

거미줄이 콧등에 달라붙는다 입술을 앙다문다 불쾌한 촉감이 손끝을 전개하듯 좇는다 악몽의 시작은 검은 실타래를 푸는 것 불안이 내려앉으면 먹구름이 생겨나고 장마는 예고된다 집을 잃은 거미 떼가 새까맣게 벽을 타고 오른다 발자국은 비문증 같아서 밖이 조금 더 멀어진다 상상을 부추기는 거미의 습성은 야행성, 선과 선이 모인다 손가락은 거미의 보폭을 흉내 낸다 피부의 티끌이 거미알처럼 집념으로 뭉친다 손톱을 잘라 먹으면 식도로 넘어가는 꿈의 결말 자정은 소모성, 집착하지 않는다 눈을 감으며 절지의 감각이 자라길 기도해야지 팔다리에 털이 돋아나면 깨어날 수 없는 꿈일까 누군가 나의 목소리를 갉아먹는 것 같다 놀란 심장을 누르면 풍선이 팡 터질 것 같다 이건 쓴맛일까 아님 달달한 과즙일까 터진 외피 속으로 또 다른 거미가 숨는다 이건 밤이 허물어지는 신호 너무나 예민해서 꿈을 꺼내 놓을 수 없다 이 현실에선 지독히 난시일 수밖에 없으니까

혼자만의 길

사람과 사람 사이를 빠져나와
어둠 속으로 얼굴을 은닉한다
나는 무거워진 사람 무서움의 진화일까

혼자 있는 방이 더는 가볍지 않아
밤이 되면 벽에 걸린 옷이 유령 같았다
눈이 없는 유령, 눈을 찾는 유령
나는 이미 한쪽 눈을 잃었으니
지퍼를 열면 더 깊은 슬픔의 포자가 날아와
눈앞을 흐리게 하는 겨울을 생각한다

아름다운 눈발은 멀리 있구나

엄마의 멀어지는 발자국이 보이지 않아
닦이지 않는 시간을 향해
오래도록 주머니를 움켜쥐고 서성였던

잃고 나면 아름다운 것들

나의 새벽은

나침판이 되어 사랑을 헤매는 것

혼자만의 길이었을까

염소 떼가 사라지고

우는 소리만 우는 사람을 피해 돌아왔다

입수면기 入睡眠期

　　장례는 끝나 가는데 새의 발톱이 움직인 것 같다 헛 것이었을까 어제는 베개에 얼굴을 기대고 울었다 축축 한 꿈을 꾸는데 흉곽을 덮어 주는 사람이 없다 이불이 없는데 끌어당기는 시늉을 했다 목마름을 축이는 발, 탱탱 불어 터진 발 나는 발아래가 낭떠러지인지 강물 인지 도무지 모른 채 발버둥친다 창밖에 부딪힌 죽은 새도 이렇게 발끝을 오므렸겠지, 새들이 지저귀는 소문 을 묶음처럼 듣는다 뼈를 닮은 나뭇가지의 무게, 발톱 을 견디고 있는 걸까 불어나기 쉬운 눈발이 날린다 입 속으로 영혼처럼 흩어지는 재, 소각장에서 낡고 구멍 난 애착 이불을 태웠었지, 난 이제 아이가 아닌데……
끊어지지 않는 검은 연기 벗어날 수 없는 악몽은 결속 일까 내일이 없는 새의 흐린 동공을 바라보았지, 아아 장례는 아직 끝나지 않았는데, 기도를 묶음처럼 듣는 신이 있을까 낙엽이 새의 관속으로 미끄러진다 아아, 저 나무도 날개를 잃는데, 나는 꿈에서 기도하는 법을 잊었다 착지하는 법을 배운 적 없는데, 아아 두려운 비 행 미완성의 무릎을 껴안는다 발톱은 돌처럼 단단해진다 움켜쥐는 법을 먼저 배웠을까 주머니가 없는 손, 얼어붙은 손을 불어 주던 엄마, 눈송이처럼 날아가 버린 사랑, 머리카락이 한 올 한 올 얼어붙는다

돼지를 훔쳤을 때

돼지는 침묵하는 동시에 웃는다
그래, 훼손되는 줄도 모르고
빨간 립스틱을 둥글게 긋고 눈을 감으면
다정한 사람의 눈에만 보이는
숨과 동그라미 속의 연기煙氣 연기를 했지 못된 척
훔친 동전으로 마음을 적립할 수 있을까
어제는 친구에게 다이어리를 사 줬어
6개월 후에 죽겠다고 선언하는데도 말이야
걔가 그렇게 웃었어, 돼지처럼
안녕이라 말할 때까지 웃었어
오늘은 상처받지 않은 곳에만 반창고를 붙일 거야
추수감사절에 쏟아지는 건 빛나지 않는 심장과
차가운 음계와 달아나고 싶은 동그라미들이겠지만
제왕절개 하는 순간에도 돼지는 끝까지 웃겠지
틈 사이로 아기의 손가락이 방문하는
꿈을 자꾸 꾸는데도 말이야

날개는 슬픔을 간지럽힌다

다정한 사람이 되고 싶어 다정하게 울었다
문고리가 없는 방,
거친 숨을 몰아쉬는 어깨를 들키지 않도록
문이 아닌 벽이라면 고립 아닌 은신
할머니 손에 자란 동생과
왜 차별받는지 이해하지 못해서
진물이 흐를 때까지 붉은
얼굴을 손톱으로 박박 긁는다
이대로 방치되고 싶은데
구멍 사이를 훔쳐보는 검은 눈빛은 소름 같은 것
소름은 벌레를 바라보는 적의 같은 것
털어내 버리고 싶은 감정
벌레를 향해 살충제를 뿌리면 어둠
가장 깊고 따듯한 곳으로 추락하는 날개
(나도 같이 마셔 버렸나?)
입김 사이로 눈앞이 흐려지는
물안개의 꿈을 꾸고 있나
죽은 것들을 외면하는 생生

이불을 끌어당기면 얼룩은 반복되고
등에 눌어붙은 날개는 슬픔을 간지럽힌다

젤리

젤리를 흙 속에 가두면
사람을 밀봉하듯 부패하지 않는 기분

만나고 싶은 얼굴은 꺼내 볼 수 없나
손톱이 지나는 자리마다
어둠을 무너뜨리면
눈부심은 혼잣말할까?

밤새 어떤 꿈을 꾸었어?
심폐 소생하듯 몸을 털어 보지만
감은 눈도 뜬 눈도 보이지 않는다

주먹을 쥐면 과즙이 팡 터진다
마르지 않는 얼룩은
홀로 노는 아홉 살처럼 잔혹하다

너 살았니 죽었니?
혼잣말하며

불의 집

맨발로 눈길을 서성이며
어둠을 가리켰지
활활 타오르는 눈동자를 가려 주려고
눈 구경이나 하자며
깨어나지 않는 아홉 살을 흔들어야지
서로의 꿈을 방해하기 위해
이명처럼 거세지는 악력
젖은 가랑이도 얼어붙던 밤중에
불이 났다
기도문을 쌓아 올린 지붕 위로 내리는
눈 속에 허무가 지난다

좋은 날

범종 밑에서
작은 개구리가 비를 피한다
무엇이든 지붕이 될 수 있다는 듯

이쪽과 저쪽을 떠돌며 살았다
아버지의 아버지가 죽고 비가 내린다
날씨는 회상하기 좋은 날
하나의 지붕이 가고
또 다른 지붕이
온종일 비를 맞는다

지붕 아래 또 다른 지붕을 내려다보며
울기 좋은 날
어깨가 젖는 줄도 모르고

돌

언제 돌이 되었는지 알 수 없었다
눈 떠 보니 온통 희고 가벼운 것이
머리 위에 내려앉는다

손바닥으로 눈을 쓸어 담는 아이들
사람이 사람을 만들고
사람이 눈사람을 만들고
돌은 누가 만들었는지
이토록 단단한 기다림은
흘려보낼 수도 없다니
내 옆에 우두커니 서 있던
한 사람이 떠나고, 허무처럼
아이들은 돌 속으로 들어가고

돌아갈 길이 없다
돌은 누가 만들었는지
이토록 단단한 육체는

하늘에 구멍이

무릎까지 쌓인 눈을 치운다
깨끗하게 닦아 놓은 길에 다시 눈이 쌓인다
어머니는 하늘에 구멍이 났나 보다 하고
뒤를 돌아보지 않는다

무취의 꿈을 닮은
싸락눈이 쌀알처럼 내린다
배부르지도 않은 것이
쓸모없이 아름다워서

눈길에 앉아 주머니에 넣어 둔
주먹밥을 먹는다
밥알 위로 눈이 감긴다
눈이 쉬어 가도록 내버려 두었다

아버지를 따라 얼어붙은 길에 소금을 뿌린다
그러다 넘어져 하늘을 보는데
싸락눈이 언 뺨을 때린다

어쩌자고 멈추지 않는지

정말 하늘에 구멍이 났나 보다
울음을 멈추지 않는 신이 있나 보다

2부

내가 나를 방치하는 기분

재 2

재가 쌓인 나무를 흔들면
알이 떨어질 것 같아
알을 낳을 수도 있을 것 같아

그러나 부러진 날개가 반복되는 비극
너의 이름을 불러 본 적 없는데

날아오르는 것을 지켜보았지
푸른 그늘로 사라지는 딱따구리
목석을 쪼아대는 소리가 목탁처럼 들린다

흔들리는 숲,
까마귀 울음이 떠나지 않는다
캄캄한 둥지를 떠도는 고행자여

흩어지는 재를 뒤집어쓰고
깨진 알을 삼킨다

물결처럼 걷는 꿈을 꾸었다

젖은 양말을 벗는데
돈벌레 한 마리 떨어진다
돈 벌러 나갔다 벌레만 데려왔다
그것도 죽은 것을!
공돈이 생기는 날이면
돈벌레가 벽을 타고 돌아다녔지
처음 독립한 자취방 아버지가 놓고 간
쌀 한 가마니가 전부였던 스물넷
냄비에 죽을 쒀 간장을 비벼 먹으니
사천오백 원짜리 김치찌개 생각이 간절했지
허기가 불면처럼 따라다니고
새까맣게 탄 방바닥을 바라보면
불쑥 낯선 손이 솟아오를 것 같아
창을 열면 벽이 가로막힌 또 다른 가난이 보인다
이렇게 작았던가 창문은 낡은 새장 같다
날아갈 수 없는 새들은 가만히 얼룩을 쪼아 먹는다
더듬더듬 벽에 붙어 눈 감으면
아버지의 어두운 등이 보인다

우수수 떨어져 내리는 절지의 감각
계단을 물결처럼 걷는 꿈을 꾸었다

체험

내가 누워 있는 곳은 관이었을까 이름 없는 방이었을까 축축한 판자 사이로 양팔을 포개 어둠을 밀어 보지만 저항은 허락되지 않는다 틈 사이로 검은 물이 흘러내린다 절망이 배경이라면 빛은 착란을 이겨내는 마음, 고요히 흐르는 미로의 끝, 귀가 먹먹해지던 터널 속에서 잠든 것 같았는데, 그림자 아래 편린들이 차곡차곡 쌓인다 그림자는 또 다른 그림자로, 돌을 쌓아 두고 지상으로 향하는 사람들은 각자의 풍경 속으로, 나는 이제 비극처럼 누워 있구나, 유서의 마지막 문장은 사랑했었다는 말, 사랑이었다는 말, 삼킨다 감은 눈은 또 다른 입구, 몸속 깊은 곳까지 침투하고 있다 검은 물은 어둠을 포기해도 잘 자란다 살결에 파고든다 그래 이건 포옹이었지 기억이 날 것만 같은데, 얼굴이 떠오르지 않는데, 속삭이는 발자국이 있다 눈부심을 떠올리면 눈꺼풀이 사라질까 등이 가렵다 날개가 돋아날지 몰라, 이미 기도를 벗어났는지 몰라, 속삭이는 또 다른 빛이 있다

모텔

흙무더기로 몸을 덮는 시간, 눈 감으면 절로 꿈이 따라오는 줄 알았지 꿈도 사치인가 봐 걸을 수가 없어 바닥으로 엎질러진 육체, 몇 장의 시트를 갈았더라 퇴근 시간인데 따라오라며 손짓하던 사장님 너무 미워 꺼억꺼억 울면서 집에 왔지…… 그래도 또 갔어, 커피믹스 다섯 잔을 타서 돌렸지 미소 씨는 왜 안 마셔, 그땐 몰랐지 달달한 한 모금의 천국…… 내가 묵던 방은 어디였을까 처음 보는 남자의 차를 타고 멀리 왔던 모텔, 짙은 화장을 하고 들어오는 여인아, 방 안에 담배 연기 가득하다 창문을 연다 햇살 한 줌을 통과하는 어둠, 버려진 수건 한 장으로 바닥을 닦는다 젖은 발자국만 남아 있다 캄캄한 입 속으로 들어온 음모 한 가닥…… 에이 퉤, 입에서 단내가 난다 눈꺼풀이 무릎처럼 내려앉는다

개와 쥐

갓 태어난 붉은 쥐를
잡아먹는다

눈을 삼키면
어둠은 어떻게 반복되나

사자使者처럼
이빨을 드러내는
검은 개

난 아무것도 할 수 없는데
놓아주지 않는다

죽은 자들이 부활하는 저녁
쥐 떼의 결속력이 느껴지지 않는다

이불을 뒤집어쓰고

배 속에 잠들어 있을
영혼을 생각한다

난 아무것도 할 수 없는데

다정한 겨울

겨울은 쓸모없다
기다리는 내내
젖은 발을 잊었으므로

바깥은 사라지지 않기 위해
온통 하얗다

다정한 식탁이 있고
연기가 피어오르는
밥그릇

마주 앉은 저녁의 얼굴은
얼마나 다정할까
나는 이별을 말한 적 없는데

이별은 쓸모없다
쓸모 있는 사람이 되고 싶어
창을 두드리지 못했다

다정해지기 위해
신발을 벗는 사람들

아무도 오지 않은
식탁에 앉아 발을 비빈다

먹을 만큼 먹었고 잘 만큼 잤다

불치병을 가지고 태어나 평생을 골골댔지
세비체 다이너 타말리 라클레트
죽기 전에 꼭 먹어 봐야 할 음식
처음부터 먹어 본 적 없으니 그리울 일도 없다

피자 치킨 탕수육 냉면 족발
그래, 먹을 만큼 먹었다
가서 좀 쉬지 그러니?
잠은 어차피 밤에도 자는 걸요

영원한 잠에 대해 생각한다
적당히 행복하게 살다 가면 그만인 것을,
칼 한 자루 숨기고 살았나 보다
엄마의 심장을 찔렀나 보다

나를 왜 낳았느냐고 말하지 못하는
슬픔
구멍이 커지는지도 모르고

가슴을 쓸어내린다

칼이 아닌 총이었나?

걸음마다 재가 쏟아진다
마른 울음을 우는 걸까

가슴이 무너지는지도 모르고
등을 구부러뜨린 엄마는
덤덤하게 비질하며 항생제를 수거한다

유기

　너는 자루에서 발견되었다 눈부심이 허락되지 않는 곳 숨이 소멸하는 곳 너는 쏟아낸다 어떤 울음이 이곳으로 빛을 이끌었을까 호흡은 부서질 듯 연약하다 자루를 열고 손목을 넣는다 불가능을 몰랐기에 표정도 모르고 본능으로 눈빛을 발견하는 일 손바닥으로 푸른 눈꺼풀을 밀어낸다 빛 한 줄기마저 공포가 될 수 있듯 어둠은 어둠인 채로 또 다른 안식이 될 것 손가락 사이로 털이 엉킨다 축축함이 가시지 않는다 고요했지만 충혈을 들은 것 같다 주위를 둘러보지만 눈빛은 창밖을 새어 나오지 않는다 너를 품에 안고 길을 건너는데 새벽빛이 외투를 쏟아내린다 입김을 불어 넣는다 숨을 태우고 연기를 피워내는 걸까 잿빛이 아닌 투명이 서서히 일어선다

내가 나를 방치하는 기분

돌멩이를 던진다 깨진 창 사이로 조밀하게 스며드는 빛, 철창의 그림자가 그물처럼 일렁이는 정오, 곰팡이가 살고 있다 기침은 징후였을까 폐 속에 침투한 여백, 돌아누우면 보이는 벽의 주름, 흘러내리는 건 독백일까 옆구리를 긁으면 밀려나는 검은 때를 벽에 문지른다 쿨럭, 겨우 토해 놓은 토사물의 냄새가 방 안을 메운다 숨이 막힐 땐 내가 나를 방치하는 기분, 냄새가 사람을 대신할 수 있나 투명한 듯 불투명한, 물빛이 아른거린다 혼자란 걸 잊는다 돌아누우면 보이는 점과 점 사이의 간격, 눈빛이었을까 벗어날 수 없어, 벗어날 수 있어,

있다
없다

반복하면 열리는
빛의 세계

아토피

가려울 땐
손바닥으로 얼굴을 두드린다

각질이 쌓인다
어느 날의 겨울처럼,
녹지 않고 기생하는 병명

가죽이 산 채로 벗겨지는
개의 마지막을 생각한다
어느 날의 잔혹성,

멍이 생기는 줄도 모르고
밤이 지나는 줄도 모르고

개의 눈빛을 기억하고 싶지 않은데
손톱이 계속 자란다

장화가 있던 자리

빗물처럼 흘러내린 건 엄마였다 말했지만, 거짓말 또
거짓말 젖은 어깨로 서성이면 넘어지지 않는 울타리가
된 기분, 장화가 놓여 있다 사람이 빠져나간 웅덩이는
자주 고인다 이별에 대해 질문하는 사람이 되고 싶었지
양을 세어 본 지 오래된 불면, 내일도 구름은 방치될 거
야, 양 대신 구름을 몰고 다니면 은닉 같아 잉크 한 방울
스며드는 기분, 암막 커튼이 닫히고 양들이 돌아오지 않
는 밤에 대해 생각했지 숨바꼭질일까? 수수께끼일까 떠
나간 사람들은 뒤를 돌아보지 않는다고 말했지만 떠나
간 한 사람의 뒷모습만 각인된다 동공이 점멸되듯 희미
해질 때 머리카락을 쥐어뜯는다 그루밍 같아 삼켜야만
하는 결벽의 방식, 물먹은 장화 속을 보는데 머리카락이
자란다 거짓말 또 거짓말 메아리처럼 파문이 인다 누군
가 내 이름을 불렀다

벽을 바라보면

절벽은 절박과 같지

내가 영영 벗어나지 못하면
슬퍼할 사람의 마음속에서
중얼거리고 싶다

말이 씨가 된다는 말
말에 뼈가 있다는 말

절망이 지나가는 동안
벽은 한 뼘 더 자라거나 멀어진다

기도를 해도 되겠습니까

연못을 파내러 온 일꾼들이
서툰 몸짓으로 묻는다
잠시 기도를 해도 되겠습니까

파지를 깔고 엎드려 머리를 조아린다
자신의 나라를 위해 기도하는 것이라 한다
일꾼들이 가지런히 눕혀 둔 담배꽁초엔 고양이 그림,
담배 한 보루 사다 주니
놀라며 기도하듯 두 손을 모은다

어떤 신은 가지런히 누운 담배를 일으킨다
할 일을 다 했다는 듯이
먼지를 일으킨다
육체를 일으킨다

연꽃 같은 마음은
더러움에 물들지 않는다
진흙탕을 걸어 나간다

할 일을 다 했다는 듯이
연기처럼 사라진다
젖은 무릎을 털어놓고

3부

나의 잘못이 아닌

재

재를 뒤집어쓰고 누웠다

멀어지는 날개를
놓아주었다

나무 사이로
슬픔이 타오르는 것을 지켜보며

우리는 포옹을 하고
서로의 깃털을 다듬으며

가장 먼 곳

사랑이라는 이름으로
성홍열이 지나간 자리를
불어 주는 검은 얼굴이 되어

우우라고 말해요

서로의 얼굴을 기대고 우우라고 말해요 서툴지만 분명하게 거울처럼 말해요 숲에는 어둠이 우우 잎사귀 사이 눈빛은 들킬 것 같아요 나는 왜 숲으로 향하는지 우우 숲은 왜 잠들지 않는지, 꺼지지 않는 촛불을 생각해요 하나의 심지를 등지고 잠시 되돌아갈까 생각해요 숲이 흔들리네요 우우 아버지는 숲에 집을 짓고 홀로 살지만, 지붕만 덮고 잘 수는 없잖아요 우우 잠긴 문을 쥔 아버지, 갇혀 있지만 탈출할 수 있잖아요 우우 불이 길을 삼키는 것 같아 등을 돌리는 게 무서워요 아버지 우우 돌아가기엔 너무 멀리 왔잖아요 우우 하나의 가로등에 점멸되는 벌레들처럼, 살아요 우리

덫

흐린 눈을 비벼 주고
캄캄한 냄새만을 쫓는지
살을 갉아먹는 꼽등이도
흐린 눈이 되었을 것이다

덫을 수거하는
덫을 수긍하는

밑창으로 접착제가 옮겨 붙는다
잡식성을 밟은 나는
이미 덫이었을까
눈 뜬 것들을 견디면 어둠도 빛난다

주름을 달고 산다는 건

나를 괴물이라 부르는 사람의 말을
등에 업고 수련 중이다
불안을 갉아먹는 애벌레의 환생
주름을 달고 산다는 건
구겨진 마음을 간직하는 것
해소되지 않는 가려움의 폐허
문둥이촌을 다녀왔지
1리터의 눈물을 지불하고
가짜 알약 한 주먹을 숭배하듯 삼킨다
숨이 멎는다 눈꺼풀을 달고 사는 발톱으로
경직된 온몸을 껴안는다
나를 가져요,
쓸모없는 나라도 괜찮다면……
나는 자주 발가벗는다
눈물의 방을 키우며
애벌레처럼 물방울 무덤을 헤엄친다
또 다른 바다를 향해 몸을 긁는다

죽은 척해야 하나 죽었다고 해야 하나

물을 너무 많이 마신 부작용일까 시력이 남아 있지
않으니 영안靈眼이 내린다 쿨럭, 허리에 가시가 돋아난
다 인어였다면 다리가 돋아났을 텐데, 쿨럭, 독을 품고
있지만 어떤 종도 아닌 것 같아 독종 같은 인간이 나를
내려다보는 것 같다 죽은 척해야 하나 죽었다고 해야 하
나 갑자기 토하고 싶으면 어쩐다 쿨럭, 인간 아닌 것이 인
간을 흉내 내면 어쩌나 싱싱해 보이면 어쩌나 나는 불안
을 확신하는 한 마리의 먹잇감 살을 뜯어 먹힌다 눈빛
은 한꺼번에 떼로 몰려온다 쿨럭, 고여 있던 잡념이 모두
빠져나간다 뼈는 명료해지고 흉터마저 갉아먹힌다 어
둠을 뱉어내는 아가미만 남았나

못난 얼굴을

사랑하는 거울아
꿈에도 보지 말자

여기까지 따라왔구나
진창을 짓밟으며
흙빛으로 얼굴이 지워질 때

도랑물 흐르는 곳으로 가야지
매듭이 풀릴 때까지
슬픔을 놓아주지 말아야지

더는 고여 있으면 안 된다
이건 못난 얼굴을 사랑하는
푸른 이끼의 선언

1인 극장

1인용의 식탁에 앉아
희미해진 흉터를 문지르며
무릎을 구부렸다 폈다 반복한다

어떤 장면에서 울어야 하는지 몰라

식탁은 쓰러지고 싶어
다리에 상처를 낸다

여보세요
거기 있어요?

쓰러지는 나무를 본 적 있어,
새들이 달아나는 경계에선
왜 다들 침묵할까,

여보세요
아직 거기 있어요?

모텔 2

배고프면 일 못 해, 짜장면 곱빼기는 먹어야 해, 곱빼기는 처음이라 불어 터진 면발을 입 속에 꾸역꾸역 넣는다 음식은 남기는 게 아니라며 단무지를 얹어 주는 사장님 너무 미워, 시만 쓰고 살았더니 허기진 줄 몰랐지, 젊은 사람이 왜 이런 일을 해? 내일이 반복되는 오늘, 얼룩도 바닥을 모르는 체 할까, 걸레가 마르지 않으니 이젠 내 몸도 닦아야 하는 걸까, 처녀야? 하고 묻는데 얼굴이 뜨겁다 그때는 몰랐지, 교대 시간이라며 커피믹스 두 봉지를 주머니에 찔러 주는 이모님, 비닐을 얼마나 주물럭거렸는지 고개가 절로 꺾인다 구석에 쪼그려 앉아 커피믹스 한잔 타 먹었지, 새까맣게 물든 양말을 내려다보며 발바닥이 타는 듯 서글픈, 아랫목이 따뜻하다는 말 그때는 몰랐지, 벽에 기대어 긴, 긴 오 분 동안의 낙원…… 잠이 달아날까 꿈도 사치일까, 그런데 어째서인지 나는 다시 걷고 있다 오뚝이처럼 몸을 털고 일어나 열차가 지나가는 다리 위 무거운 다리를 절며…… 저 골목 모퉁이 빛나는 발리모텔로 들어가 꺼억꺼억 짜장면 곱빼기를 먹는다

식빵

모서리를 간직한 사람
부스러기를 각혈처럼 뱉어내며
쉽게 타 버리는 사람

네가 흘리는 것은
신호일까 암호일까

딸기잼을 바르면 창백했던 것 같고
포도잼을 바르면 멍든 하늘

접시에 나란히 몸을 포개면
앞면은 누가 될까
누가 보호색이 되는 걸까

접시를 벗어나면
허기를 벗어나지 못한 것처럼
이빨 자국이 생긴다

알람이 울리면
너의 얼굴을 내려놓고
문을 향해 걸어갈 것이다

소멸하기 직전 하강하는 것들은
네가 흘린 독백일까

되풀이되는 일곱 시 반
식빵의 테두리를 뜯어내면
이건 또 다른 환생일까

나만이 궁금해하는 것 같은데
누군가 아무 생각 없이 나를 깨문다

나의 잘못이 아닌

붉은 손톱을 씹어 먹으며 겹겹의 표정을 벗겨낸다 아토피는 불치병이라지, 베개에 뒹구는 각질을 쓸어 담아 유리병에 밀봉한다 모래알 우수수 떨어지는 모래 언덕은 어디쯤…… 시계와 불면은 반복된다 불치는 나의 잘못이 아닌데, 강박은 달아나지 않을 것 같아, 마개엔 구멍이 없다 숨이 없다 짐승은 오래 머물고 싶어 한다…… 각질을 알약처럼 입안에 털어 넣는다 식도를 통과하는 은어隱語가 들린다 기적은 좀 더 기다리라 한다 나는 나의 이목구비를 폐허 같은 허물을 다시 빚는다

버그 bug

꽥꽥, 앓는 부위를 쪼아내듯 비가 퍼붓는다 오리가 픽픽 쓰러지고 꽥꽥, 매몰지의 악몽이 되살아난다 얼룩은 불어나고 울음이 파문처럼 번진다 꽥꽥, 녹조를 머금은 오리의 변이 낚숫물에 고인다 급성으로 토양을 빨아들인다 오염된 물줄기가 전파돼 뻗어 나간다 꽥꽥, 감염되지 않은 오리들은 먹이통 주변으로 모인다 원을 그린다 에워싸는 검은 관중들 그림자가 비대해진다 결속력을 갖는다 반대편엔 변이돼 쓰러진 오리가 이명을 앓는다 뚜렷해지는 건 서로를 벗어나지 못하는 눈빛과 어디까지가 통증인지 죽음인지 알 수 없는 꽥꽥, 무게 중심이 앞으로 휘청거린다 날지 못하는 이유조차 가늠할 수 없는 태도 꽥꽥, 깃에 묻은 배설물이 다른 오리의 깃으로 옮겨 붙는다 오류를 감지한 듯 날개를 버둥거린다 살고 싶다면 착지 기술부터 먼저 익혀야 한다 구덩이가 증폭된다 문이 열리고 방호복을 입은 사람들이 포획하지 않고 주워 담는다 꽥꽥, 오리와 사람의 발 무늬가 겹친다 밀려나는 토양 갈퀴 자국이 난파된 이파리처럼 번진다 모두가 밀실을 빠져나가고 방명록만 남는다 남겨진

깃털들 꽥꽥, 젖은 울음소리가 축사 주위를 계속해서 떠
돈다

생각하는 사람

눈부심이 사람을 가두거나
쓰러뜨릴 수 있나

옆 병상에 누운 언니는
사진을 찍다 셔터를 누르는 순간
절벽에서 떨어졌다고 한다

생각만 하는 사람처럼 종일 누워 있다
나도 매일 생각만 하는데

나의 병명은 설명하지 못했다
어린 동생이 눈을 찔렀다는
말할 수 없는 고백

거울을 볼 때마다 안대를 들어 올려
안구가 얼마나 붉은지 확인하곤 했다
지문으로 햇살이 차오를 때 깊어지는 통증

언니를 물끄러미 내려다보면
안구가 느리게 움직인 것 같다
느려도 괜찮다고 생각했다

생각하지 않아도 가끔 우리는
같은 불안을 시도하는 것 같다

열네 살

눈에 날아든 이상한 점을 말했지만
아무도 몰라주던 열네 살

마음에도 가난이 있다니,
악천후처럼 떠도는 비문증
외로운 포자가 눈앞을 흐리게 한다

이토록 흰 벽에 검은 소름이 살고 있다니,

기적은 좀처럼 오지 않는다
환상만이 설원이 되어 떠돌 뿐
바닥을 향해 몸부림칠 때마다
거미 떼가 냉기 가득한 이불 속을 침범한다

아니, 어둠을 끌어모으는 걸까
혈관을 타고 온몸에 소름이 전이된다
한쪽 눈을 감으면 점의 영역이 커진다

이젠 점이라 부를 수도 없겠지,

나의 죄가 무엇인지 알고 싶어
가슴속에 사는 불길을 긁으면
재가 눈발처럼 내려앉는다

눈물을 머금은 손바닥이 끈적거릴 때
눈꺼풀은 벽에 붙은 그림자를 껴안는다

불면

벽을 향해 돌아눕는 여자
거긴 내 자리인데, 이보세요
왜 거기 누워 있는 거죠
여자는 꿈쩍도 하지 않는다
쉭쉭 뱀 같은 소리만 낸다
저 어두운 등이 무섭다
창밖에는 까마귀 떼가 외줄을 타고 있다
뭔가 오고 있다는 듯이,
일제히 한곳을 쏘아보고
이보세요, 등을 향해 빛을 비추면
눈을 찾는 공포
어둠 속으로 곤두서는 머리카락들,
목덜미가 뜨겁다
공중으로 솟아나는 연기
저 캄캄한 촉수들,
이…보…세…요 혀가 굳는다
나를 짓누르는
저 캄캄한 뒤통수가 가렵다

4부
버려야 하는 것만 남기고

우리에게 또 다른 해변은 없는지

낮과 밤을 알 수 없고, 잠깐의 영상통화 너는 얼굴이 보이지 않는다고 한다 표정을 들키기 싫어, 방 안의 온도와 화면의 시차가 다르다 너와 나는 다르다 눈 코 입 우린 하나도 안 닮았어, 내가 먼저 고백했거든 다리 밑에서 주워 왔냐고, 엄마가 그랬어, 5년 뒤에 이야기해 줄게, 15년이 지났는데, 다리가 무너졌다는 말 믿어? 탄생이 잘못됐다는 거, 불안을 밀어내면 물음표가 생긴다 달리면 품에 안기던 해변, 주워 온 돌이 아직도 방에 있어, 어항 속에 잘 자라고 묻어 뒀거든 금붕어야, 잘 있지? 투시와 투명은 다르다 비밀은 잠들어 있는데 어둠은 한곳에 머무르지 않는다 벽과 벽을 옮겨 다니며 바닥에서 바닥으로 미끄러지며 나를 노려본다 갈라진 틈을 응시하면 파도가 일어나는 것 같다 우린 참 행복했었는데, 잃어버린 가족사진을 생각한다 틈 속에서 반짝이는 유리 조각, 웃는 모습이 눈부시도록 예뻤었지, 우리에게 또 다른 해변은 없는지 궁금해하면서 탁자 밑으로 기어간다 이불이 끌려온다 거대한 그림자가 따라온다

슬퍼할 권리

이불은 기분을 가두는 역할일까

눈을 감아도 끝나지 않는
웅크리는 모습을 들키기 싫어

그때는 알지 못했지
엄마는 왜 앞에서 화를 내고
뒤돌아 어둠을 게워내는지

등은 표정을 보여 주지 않는다

너, 나, 누가 먼저 튀어 나갈까
숨바꼭질은 이미 끝났는데
우는 어깨를 견디는 걸까

꼭꼭 숨어라, 머리카락 보일라
너, 나, 누가 먼저 기분을 벗어날까

가장 희미해진 사람

1

엎질러진 사람의 붉은 윤곽, 페트병을 열면 공중으로 솟아나는 병뚜껑의 악력, 방치된 소변을 흘려 보내고 허무처럼 투명해진 빈 병과 불투명한 병명, 오래 바라보았을 벽을 생각한다 벽은 불러 보고 싶은 이름일까 회한回翰일까 창은 바라보기 위한 도구가 아닌 걸까 번개탄을 태우고 잠에서 깰까 칼 한 자루를 옆구리에 놓아두었던 당신, 육체를 해체시키면 고립은 오래도록 녹아내린다 환상통은 지속되고 식도는 관棺이 되어 벌레를 받아들인다 어둠을 밀어내며 벌레는 무럭무럭 자란다 슬픈 부위를 갉아먹고 한 사람의 얼굴을 지운다

2

나는 괜찮습니다 흐린 날의 바깥을 상상하는 것이 좋습니다 비의 발걸음이 분주해지기 때문입니다 모래 위에 꾹 눌러쓴 이름이 흩어지던 것을 기억합니다 바닥이 씻겨 내려갈 때 우리가 묻어 둔 조개껍데기의 무늬가 선연합니다 빗속에서 꺼억꺼억 울었습니다 비를 꺼안으

며 잊히는 사람의 얼굴을 깨진 거울처럼 맞추어 봅니다 틈이 많아지면 운동을 멈춘 사람 같습니다 뼈의 공백은 채울 수 없는 무덤, 사람의 부재가 그렇습니다 손이 닿지 않아 커튼을 치지 못했습니다 무기력한 목덜미에 햇살이 내려앉았습니다 오래도록 열기를 느꼈습니다 우는 장면이 들키지 않도록 얼굴이 녹아내리는 꿈을 꾸었습니다 가장 희미해진 사람에게 오래도록이라는 말이 더는 슬프지 않았으면 좋겠습니다

유기 2

모래성의 윤곽은 흩어질 때 다정하다 사라진 것을 위한 구호 작업, 유기가 반복되는 세계 끊어진 개의 목걸이가 있다 울타리가 사라진 너의 이름, 주머니가 없다 손이 부끄러울까 나는 목도한다 누군가에게 닿을까 조개껍데기를 만지작거리며 모두가 사랑했던, 호두야 하고 부르면 달려올 것 같은 바람과 지워지는 점자들 한때 다정했던 사람이 버리고 간 잔해 속 찢어진 지도가 있다 울음은 경로를 이탈한다 지도는 쓸모없다 왜 씻을 수 없는 발로 해변을 서성이는지 묻고 싶어져 길이 나를 잊었는지 내가 길을 잊었는지 모르겠어, 가까이 본다 영원이란 말이 무색하게 얼굴이 사라지고 파도가 밀려온다

데리러 와 줄 수 있어?

막차를 놓치고
목적지는 알 수 없고
어둠이 끝나지 않은 소문들

아마도 넌 이렇게 말하겠지
혼자여도 괜찮잖아,

데리러 와 줄 수 있어?
여기야 난 여기 있어,

외투를 끌어당기면
단추를 잃어버린 것 같다

얼굴이 사라지는 새벽
주머니가 없는
외투가 존재하는 것처럼
속임수가 있다

여기야 난 여기 있어,
데리러 와 줄 수 있어?

버려야 하는 것만 남기고

문을 여니 기다렸다는 듯
왈칵 울음이 쏟아진다
신발도 벗지 못했는데 온갖
잡동사니가 표류하고 있다
틈 사이로 물이 들어오고 나간다
사랑도 쌍방이었던 때가 있다
칠월엔 역류성 식도염을 달고 살았다
막힌 수챗구멍 사이로 손가락을 넣으면
머리카락 뭉치가 쑥 뽑혀 나온다
무릎을 간지럽히는 소용돌이
너는 내게 쓸모없는 것만 남기고
버려야 하는 것만 남기고
기다렸다는 듯 사랑을 게워내고
평생 내린 폭우보다 더 많은 눈물이
잠도 못 자게 베개를 적신다

아토피 2

내게 찾아오던 꿈, 남자는 집도의처럼 푸른 옷을 입고 손을 씻는다 너무 많은 손이 필요하다고 중얼거린다 흐르는 물소리에도 새들이 살고 있는지, 내 흐린 눈도 씻겨 주었으면…… 날개가 닿는 곳마다 환해지는 공중空中 슬픔은 깃털처럼 날아와 일그러진 얼굴을 간지럽힌다 파라핀처럼 녹아내리는 눈 코 입, 악취가 흘러나오고 움켜쥔 새의 발톱이 안면을 내리 찢는다 통증은 눈꺼풀처럼 예민하다 추락하는 속도를 따라가면 내가 불러내는 꿈, 절망은 이미 고여 버렸을까 썩은 웅덩이를 밟았다 해도 이상하지 않다 두 뺨 위로 진물이 눈물처럼 흐른다 하루도 긁는 일을 게을리하지 않았다 일기장에 나뭇잎은 스스로 몸을 태운다고 적은 적이 있다 바람에 흘려 보낸 새장 밖의 새처럼 지금 사라진다 해도 이상하지 않다 아무도 모르게 혼자, 눈밭에 쓰러져도 좋을 것 같아 온통 백지로 물들이고 싶은 기도, 어제와 다른 내일을 꿈꾸면 성실해진다 아픈 장면들을 흔들어 깨운다 이불 밖으로 밀려 나온 얼굴이 축축하다

내가 나를 일으켜 주기까지

달아나는 감정으로 넘어지면
잎들도 눈이 부시다

구름도 사람을 건너가는데
사람은 사람을 벗어나지 못한다

차양을 펼친 과일 가게에 도착하면
상자 속 방울토마토가
외면하듯 서로를 짓누르고 있다

팔을 뻗으면
곧 와르르 무너질 빨간 얼굴들

넘어지고 싶던 안간힘으로
손가락을 찔러 넣고 싶던
어둠 속으로

압사되는 표정이 반복될까

누군가 발견할 때까지 인식되지 못한다
더는 점성이 없어 변형되지 않는다

아직 무릎을 털어내지 못했는데
내가 나를 일으켜 주기까지
눈이 부시다

눈사람

기침으로 사람을 빚는다
말소리를 둥글게 다듬으면
너의 얼굴이었을까

몇 번의 시도 끝에
눈동자를 완성하지 않았다
눈빛이 녹아내리는 걸 차마 볼 수 없으니까

뒷모습까지 완성해야 진짜 눈사람

너의 윤곽이 친절해질 때까지
응달의 눈꺼풀이 사라질 때까지
밤이 되면 성장하는 꿈을 꿔

너무 많은 근심을 중얼거리면
언덕 밑으로 굴러가는 너
얼어붙은 잎들과 뒹굴다
안식처럼 껴안고 잠든 너

없는 다리까지 생각하면
그건 일어서서 달아나라는 신호야
또 다른 언덕 아래로
멀어지려는 자세야

체온을 말하면 너는
사라졌다 다시 생성될까
그러나 혼자서는 불가능한 일

침범

더는 발끝이 불안하지 않아 젖은 귀도 익숙해지는
방 머리카락이 산호처럼 흔들거린다 턱밑까지 차오르
는 물의 경계 울음보다 더 깊은 방이 있을까 멀리 보면
아름다웠던 호수 물가를 서성이던 푸른 그림자 어둠 속
으로 몸을 던졌지 나는 아무것도 할 수 없는데 물음이
꼬리처럼 따라와 나를 노려본다 목소리가 나오지 않는
다 발끝을 끌어당기는 영혼의 무게 갈라진 벽을 더듬는
다 위태롭게 돋아나는 비닐 조각 날카로운 울음 내가 던
진 조약돌보다 더 멀리 파문이 번진다 나는 아무것도
할 수 없는데 부표처럼 떠다니는 물음 숨이 차오를 때마
다 나를 밀어 올려 주면서 온전히 꺼내 주지 않는다 두
눈을 질끈 감으면 물보라가 이마를 통과한다 누군가가
발목을 끌어당긴 것 같다

친구

흙을 만지면 검게 물들던 마음 어디까지 따라올 수 있을까, 거짓말은 또 다른 나의 무게 기울어지는 기분을 들키기 싫어, 불이 있는 집으로 향하면 가만히 자는 척 심장이 하는 말을 엿듣곤 했지, 친구에게 다이어리를 사 줬던 일은 바보 같은 짓이었다고, 한 해가 가기도 전에 두 번째 다이어리를 선물했어 우리의 우정이 영원했으면 해서, 일터에서 돌아온 엄마는 세탁기에 지갑을 숨겼지 도둑년들이 사는 집이라서, 동생은 내게 친구 사귀는 법을 배웠지 어떤 밤은 돈을 훔칠 궁리를 했고 어떤 밤은 혼자가 되지 않기 위해 혼잣말을 하다 잠들지, 친구와 함께 다이어리를 사러 갔다 손을 잡고 돌아오는 꿈 그러다 얼굴이 까매지도록 흙을 이쪽에서 저쪽으로 옮겨 담으며 친구가 살던 집을 바라보곤 했지, 검은 웅덩이가 될 때까지 그림자를 끌어안으면 꺼지지 않는 불이 속삭였지, 악몽은 꿈 밖에 살고 있다고

쓰레기통

일기장을
찢어
구겨
던져
삼키지 못할 말들 있잖아요

버릴 땐 아무 생각 안 하기로 해요
질서가 없는 탑

발로 차면
그냥 깡통

사리 나왔어요?
안 나왔어요?

이상하다
분명
참았는데

꾹꾹 눌러
담았는데

사라지지 않는 말들 있잖아요

점안 點眼

붓펜 하나로 흐린 각막을 덧칠한다
종이도 아닌 안구에
그려질 리가 없는 눈을 그린다

만난 적 없는 사람이 묻는다
눈이 왜 그러냐고

너무 많은 눈을 그려서일까
내 것이 아닌 눈동자가 많았다

잠시 눈 감았다 뜨면
검은 물이 흘러내린다

너무 많은 어둠을 그려서일까
내 것이 아닌 눈물이
눈동자에서
쉴 새 없이 흘러내렸다

재 3

뼈가 없어도
눈사람은 쓰러지지 않는데
뼈가 있어도 쓰러지는 사람

한 줌의 재가 되어
유골함에 담길 땐
쓰러지지 않는 마음

한 줌의 재가 되어
바다에 뿌려질 땐
흘러가는 마음

재가 내린다
뼈가 없는
마음을 빚는 사람이 있다

1인 극장의 꿈과 슬픔

김주원(문학평론가)

시인은 자신이 서 있는 곳에서 바라본다. 김미소의 시집이 만들어낸 풍경을 보면 그것을 바라본 사람의 자리가 그려진다. 낮고 아프고 어두운 곳, 몸으로 겪어 내지 않고는 말할 수 없는 그런 자리. 어떤 시집들은 잊히지 않는 상처의 무늬를 갖고 있다. 상처 없는 영혼은 없다. 이 말은 상투적이지만 그만큼 진실이기도 하다. 『가장 희미해진 사람』은 상처 난 몸을 열어 보이고 슬픔으로 짓이겨진 표정을 숨기지 않는다. 김미소의 시는 머리가 아니라 몸의 감각을 신뢰한다. 머리는 의식적이고 사회적이지만 몸은 내밀한 무의식이고 정직한 육성(肉聲)이다. 시의 몸은 고통이 통과하는 길이고 살아 있는 슬픔이며 머리에서 해방된 언어이다. 그래서 김미소의 시는 머리를 뚫고 나와 아픈 곳을 어루만지는 손이 되려 한다. "나는 나의 이목구비를 폐허 같은 허물을 다시 빚는다"(「나의 잘못이 아닌」)는 말은 고통이 시의 몸통이라는 사실을 상기시킨다. 김미소의 시적 화자가 세계와 불화하는 것은 이처럼 고통을 삶의 근원으로 이해하기 때문이다.

　　그건 이미 지나간 구름, 감정 없는 인간을 고기라
고 부르자, 다정한 가족을 해체하고 싶다 정숙하지 않
은 기분을 숙성시켜야지, 가끔은 냉동고 속 근황을 살
핀다 돼지들은 잘 있습니까 아무쪼록 변질되지 않는다
돼지는 돼지일 텐데, 냉동고 틈 사이로 흐르는 핏물은
왜 흥건해지는 걸까 바닥이 고이는 건 왜 도축당한 사
람은 아무도 없는데 피를 흘리잖아, 틈을 노리잖아 이
건 냉동고 옆 망초꽃이 어른이 되어도 밥을 굶어도 키
가 자꾸만 자라는 것과 같은 일, 죽어서도 등급을 얻습
니까 어른이 된 것 같았는데, 완성된 인격인 줄 알았는
데…… 변이된 돼지입니까 돼지들은 그들만의 언어로
답한다 꿀꿀, 그래, 진화하는 돼지가 돼야지, 회피하는
창문과 문밖의 사정, 누군가 고기를 굽는지 연기가 피
어오르는 금요일 화목한 돼지들은 사려 깊은 저녁을 품
고 사니까, 그걸 행복이라 말하면 눈이 따갑다 돼지의
얼굴이 일그러진다 돼지와 나의 그림자가 겹친다 두 손
으로 표정을 움켜쥐며 걸어 들어간다 전원이 꺼진 냉동
고로

　　　　　　　　　　　　　　　　　—「다정한 돼지」 전문

세계와 불화하는 시의 화자는 '다정한 가족'을 해체한다. 해체는 이 시의 방법론이다. 해체는 단순한 부정이 아니라 대상의 숨겨진 속성을 드러내기 위한 면밀한 탐색이 전제된다. 이 시의 화자는 가족의 위장된 평화, '사려 깊은 저녁'의 행복에 왜 눈이 따가운가를 알고 싶어 한다. 김미소의 시가 주목하는 것은 몸이다. 구체적으로 말하면 온기를 잃은 몸들의 소리 없는 비명 같은 것들이다. 냉동고에서 흐르는 돼지 피가 틈을 노린다는 표현은 강렬하고 정확하다. 그것이 이 시의 무의식이기 때문이다. 가족에 대한 전통적인 믿음은 '돼지와 나의 그림자가 겹'치는 순간 와해된다. '냉동고'는 돼지의 변질을 막고 죽음을 봉인하지만 실상은 그렇지 않은 것이다. 돼지의 '도축'과 '숙성'을 가족 안에서 나의 '죽음'과 '성장'으로 치환하려는 시도가 이 시의 밑바탕에 깔려 있다. 이 시의 화자에게 가족은 그런 존재이다. 세계와 불화하는 시인은 '가족'에서 탄생한다. 가족을 해체하는 것은 어렵다. 특히 한국 사회에서 가족이 지니는 질서와 규율의 구속력은 매우 크다. 가족이 친밀함과 공포라는 상반된 속성을 지닌 것은 그 구속력의 양면성과 관련되어 있다.

많은 시인들이 '다정한 가족'의 이야기를 배반해 왔다. 가족이 사랑의 보금자리가 아니라 세계의 부조리

와 불화의 축소판이었던 이유는 저마다 가족의 다른 얼굴을 보았기 때문일 것이다. 「다정한 돼지」에서 가족은 '도축당한 사람은 아무도 없는데 피를 흘리'는 냉동고와 같다. 이 대목은 "모두 병들었는데 아무도 아프지 않았다"는 이성복의 「그날」을 연상시킨다. 김미소의 시는 이 배반의 역사를 자신의 어법으로 새로 쓴다. '다정한 가족'은 누군가의 고통을 냉동고에 넣어 차갑게 회피하거나 죽음과 맞먹는 소외를 경험하게 한다고. 그녀는 다시 쓰려 한다. 인간이 돼지에게 가하는 고통을 자신의 그림자로 느끼는 시를, 전원이 꺼진 냉동고에서 변질된 가족의 의미를 끄집어내려는 시를.

'가장 희미해진 사람'은 이 시집에 잘 어울리는 제목이다. 그것은 김미소 시의 화자가 자신을 이해하는 방식이다. 자신의 정체성이나 존재를 온전히 이해받지 못한 사람은 다른 사람과 구별되는 자신의 윤곽을 제대로 그릴 수 없다. 기민한 독자라면 시의 화자에게 눈을 다쳤던 사고가 있었음을 알아챘을 것이다. 희미하다는 것은 자신을 바라보는 시각에 문제가 생겼다는 것만을 뜻하지 않는다. 가깝다거나 멀다는 감각을 육안으로만 알 수 있는 것은 아니다. 가족에게서 감정 없는 인간의 형상을 볼 수 있는 것처럼 시의 눈은 가까이 있는 것이 아득히 멀어졌거나 보이지 않게 되었다는 것을 감지할 수 있다.

김미소의 시는 종종 불행한 가족사와 육체적 고통, 무시와 냉소를 피해 구석으로 내몰린 사람의 마음을 보여 준다. 그의 화자들은 자신의 일부가 누구에게도 읽히거나 보여지지 않을 것임을 알고 있으며 언제 끝날지 모르는 아픔과 고통을 끌어안고 있다. 이 때문에 혼자만의 공간, 외로움과 슬픔의 뒤섞인 정서를 보여 주기도 한다. 그러나 그것은 세상을 향해 내보이기 위한 것이 아니라 자기 몫의 고통을 받아들이고 그것과 함께 하는 삶의 태도를 만들어낸다. 그는 자신이 받은 고통과 혐오를 세상에 되돌려주거나 누군가를 원망하는 대신 통상적인 이해에서 벗어난 다른 눈으로 세상을 본다. 자신을 괴물이라 놀리는 외부를 향한 공격은 "주워 온 벽돌을 곁에 두고/힘껏 내려치지 못한 마음의 균열"을 보게 한다. 그러고는 "울음은 나를 가두는 작은 집/바깥에 슬픈 귀가 더 있다"(「사춘기」)는 문장을 쓰게 하는 것이다. 자신을 덮치는 병도 그렇다. "나의 병명은 설명하지 못"(「생각하는 사람」)하는 것이다. 설명은 본래 명료한 인과관계에 따라 이해시키는 과정이다. 하지만 삶에서 일어나는 일들이 언제나 설명 가능한 것은 아니다. 사진을 찍다 절벽에서 떨어진 사람의 이야기처럼 어린 동생이 눈을 찔렀다는 것도 예기치 않은 사고였을 뿐이다. 모든 일들을 명쾌하게 설명할 수 있다면 불치병은 있을 수 없다. 하지만 환자를 괴롭히는 아토피가 불치병인 것처럼 삶은 본래 불가해한 것이다. 이 점에서 김미소의 시는 내 뜻대로 되지 않는 삶의 곤혹스러움을 이해한다. "슬픔은 깃털처럼 날아와 일그러진 얼굴을 간지럽"(「아토피 2」)히더라도 내일을 알 수 없는 것이 삶이기 때문이다.

꽥꽥, 앓는 부위를 쪼아내듯 비가 퍼붓는다 오리가 픽픽 쓰러지고 꽥꽥, 매몰지의 악몽이 되살아난다 얼룩은 불어나고 울음이 파문처럼 번진다 꽥꽥, 녹조를 머금은 오리의 변이 낙숫물에 고인다 급성으로 토양을 빨아들인다 오염된 물줄기가 전파돼 뻗어 나간다 꽥꽥, 감염되지 않은 오리들은 먹이통 주변으로 모인다 원을 그린다 에워싸는 검은 관중들 그림자가 비대해진다 결속력을 갖는다 반대편엔 변이돼 쓰러진 오리가 이명을 앓는다 뚜렷해지는 건 서로를 벗어나지 못하는 눈빛과 어디까지가 통증인지 죽음인지 알 수 없는 꽥꽥, 무게 중심이 앞으로 휘청거린다 날지 못하는 이유조차 가늠할 수 없는 태도 꽥꽥, 깃에 묻은 배설물이 다른 오리의 깃으로 옮겨 붙는다 오류를 감지한 듯 날개를 버둥거린다 살고 싶다면 착

지 기술부터 먼저 익혀야 한다 구덩이가 증폭된다 문이
열리고 방호복을 입은 사람들이 포획하지 않고 주워 담
는다 꽥꽥, 오리와 사람의 발 무늬가 겹친다 밀려나는 토
양 갈퀴 자국이 난파된 이파리처럼 번진다 모두가 밀실
을 빠져나가고 방명록만 남는다 남겨진 깃털들 꽥꽥, 젖
은 울음소리가 축사 주위를 계속해서 떠돈다

—「버그bug」 전문

　김미소의 시들은 고통과 슬픔 속에 침잠하기보다
그 고통과 슬픔을 통해 세상을 이해할 때 도약한다.
「버그bug」가 좋은 시인 이유는 시적 화자가 다른 존
재의 아픔에 참여하기 때문이다. 이불 속에서 혼자 웅
크리거나 슬픔의 작은 집에 갇혀 있던 화자가 세상과
연결될 때 그의 눈은 사람들이 보지 못하는 더 낮은
슬픔의 지대로 들어선다. '앓는 부위를 쪼아내듯 비가
퍼붓는' 축사에서 꽥꽥거리는 오리들이 픽픽 쓰러지
는 장면이 이 시에서는 중요하다. 쓰러지는 오리들은
매몰지의 악몽을 떠올리게 한다. 오리들은 더러운 곳
에서 이명을 앓는다. 이것은 화자의 주관적 판단이겠
지만 이 시의 차분한 관찰 속에서라면 충분히 납득이
된다. 오염된 환경 속에 사는 오리가 무사할 리 없다.
오리는 "어디까지가 통증인지 죽음인지 알 수 없"고

"날지 못하는 이유조차 가늠할 수 없"는 채로 죽어 간다. 죽은 오리들은 수거되다시피 담기고 남겨진 깃털들만 축사 주위를 떠돈다. 이 시의 화자는 오리가 내지르는 비명을 누구보다 가까이 듣고 있다.

「버그」는 팬데믹 시대 인간이 외면해 온 동물들의 삶을 성찰하게 한다는 점에서 시사적이다. 하지만 시대적 맥락보다 더 중요한 것은 살아 있음으로 겪는 고통의 현재성이다. 이 시에 등장하는 오리처럼 누구도 다가올 죽음이나 고통의 이유를 알지 못한다. '버그'는 컴퓨터 프로그램이나 시스템의 착오이다. 치밀한 설계에도 오점이 있고 우발적으로 일어나는 오류들이 있다. 나의 고통이 누구의 잘못도 아닌 것처럼 삶에서 그런 일들은 그저 일어난다. 화자는 오리들의 꽥꽥 소리를 아픔과 울음으로 듣는다. 자신의 고통에 예민한 사람은 타자의 고통에도 민감해지기 때문이다. 그는 "다정한 사람이 되고 싶어 다정하게 울었다"(「날개는 슬픔을 간지럽힌다」)고 말하는 사람이며 "절벽은 절박과 같"(「벽을 바라보면」)은 뜻임을 안다.

내가 누워 있는 곳은 관이었을까 이름 없는 방이었을까 축축한 판자 사이로 양팔을 포개 어둠을 밀어 보지만 저항은 허락되지 않는다 틈 사이로 검은 물이 흘러내린

다 절망이 배경이라면 빛은 착란을 이겨내는 마음, 고요
히 흐르는 미로의 끝, 귀가 먹먹해지던 터널 속에서 잠든
것 같았는데, 그림자 아래 편린들이 차곡차곡 쌓인다 그
림자는 또 다른 그림자로, 돌을 쌓아 두고 지상으로 향하
는 사람들은 각자의 풍경 속으로, 나는 이제 비극처럼 누
워 있구나, 유서의 마지막 문장은 사랑했었다는 말, 사랑
이었다는 말, 삼킨다 감은 눈은 또 다른 입구, 몸속 깊은
곳까지 침투하고 있다 검은 물은 어둠을 포기해도 잘 자
란다 살결에 파고든다 그래 이건 포옹이었지 기억이 날
것만 같은데, 얼굴이 떠오르지 않는데, 속삭이는 발자국
이 있다 눈부심을 떠올리면 눈꺼풀이 사라질까 등이 가
렵다 날개가 돋아날지 몰라, 이미 기도를 벗어났는지 몰
라, 속삭이는 또 다른 빛이 있다

—「체험」 전문

이 시에서 말하는 체험은 무엇일까. 죽음을 미리 몸
으로 겪어 보는 입관入棺 체험일까. 어둠, 검은 물, 비
극, 미로의 끝, 그림자, 유서는 죽음과 이웃한 단어들
이다. 유서의 마지막 문장은 사랑했었다는 말이 될 것
이다. 감은 눈은 또 다른 입구를 향하고 검은 물은 살
결에 파고들 것이다. 마지막에는 포옹했던 기억이 떠
오를 것이다. 누구나 죽음이 온다는 것을 알지만 죽음

이 어떻게 오는지, 어떤 느낌인지는 알 수 없다. 몸으로 경험한다는 것은 감각에 충실하다는 뜻이다. 관 속에 누워서도 생각은 끊이지 않지만 기도조차 지상의 일이 되는 순간이 오면 또 다른 빛과 만난다. 이 시는 죽음이 아니라 체험에 관한 시이다. 체험은 몸으로 부딪혀 겪는 생생한 의식이다. 어두운 관 속이나 이름 없는 방에서 다른 입구와 다른 빛을 보는 눈은 인상적이다. 죽음은 완전한 종결이나 신비가 아니라 다른 감각이 열리는 과정이기 때문이다. 이 시에서 죽음은 생물학적 죽음이 아니라 기존의 익숙한 느낌과 감각의 소멸이다. 그러므로 죽음보다는 체험이 더 중요하다. 체험은 죽음을 둘러싼 공포나 두려움과 같은 통상적인 이해를 벗어나는 것이며 포옹과 속삭임, 다른 빛에 관한 이야기로 바꾸기 때문이다.

김미소의 시에서 좋은 산문시들은 타자와 삶의 불가해한 측면을 드러내고 있다. 김미소의 시는 설명하기보다는 보여 주려 하며 눈에 보이는 것과 느끼는 것이 같을 수 있다는 사실을 잘 알고 있다. 김미소 시의 화자들은 시적 대상이나 상황들을 면밀히 관찰하는 동시에 해석한다. 일정한 이야기 구조 안에서 익숙한 의미를 해체하거나 유예시킴으로써 자신의 말을 전달하려는 것이다.

1

옆질러진 사람의 붉은 윤곽, 페트병을 열면 공중으로
솟아나는 병뚜껑의 악력, 방치된 소변을 흘려 보내고 허
무처럼 투명해진 빈 병과 불투명한 병명, 오래 바라보았
을 벽을 생각한다 벽은 불러 보고 싶은 이름일까 회한回翰
일까 창은 바라보기 위한 도구가 아닌 걸까 번개탄을 태
우고 잠에서 깰까 칼 한 자루를 옆구리에 놓아두었던 당
신, 육체를 해체시키면 고립은 오래도록 녹아내린다 환
상통은 지속되고 식도는 관棺이 되어 벌레를 받아들인다
어둠을 밀어내며 벌레는 무럭무럭 자란다 슬픈 부위를
갉아먹고 한 사람의 얼굴을 지운다

2

나는 괜찮습니다 흐린 날의 바깥을 상상하는 것이 좋
습니다 비의 발걸음이 분주해지기 때문입니다 모래 위에
꾹 눌러쓴 이름이 흩어지던 것을 기억합니다 바닥이 씻
겨 내려갈 때 우리가 묻어 둔 조개껍데기의 무늬가 선연
합니다 빗속에서 꺼억꺼억 울었습니다 비를 껴안으며 잊
히는 사람의 얼굴을 깨진 거울처럼 맞추어 봅니다 틈이
많아지면 운동을 멈춘 사람 같습니다 뼈의 공백은 채울
수 없는 무덤, 사람의 부재가 그렇습니다 손이 닿지 않아
커튼을 치지 못했습니다 무기력한 목덜미에 햇살이 내려

앉았습니다 오래도록 열기를 느꼈습니다 우는 장면이 들
키지 않도록 얼굴이 녹아내리는 꿈을 꾸었습니다 가장
희미해진 사람에게 오래도록이라는 말이 더는 슬프지
않았으면 좋겠습니다

— 「가장 희미해진 사람」 전문

"엎질러진 사람의 붉은 윤곽"은 잘 드러나지 않는
다. 허무처럼 투명해진 빈 병과 불투명한 병명으로 기
억될 누군가가 있고 그가 오래 바라보았을 벽을 보는
또 다른 사람이 있다. "벽은 불러 보고 싶은 이름일까
회한回翰일까"를 궁금해하면서. 한 사람의 얼굴이 지
워지는 이야기는 빈 병과 병명에 얽힌 삶의 참혹함을
담담하게 보여 줄 뿐이다. 한 사람의 부재는 '채울 수
없는 무덤' 같은 것이다. 한 사람의 우주가 사라진 것
이므로 그 부재는 우주의 공백과 같다. 그는 실재하지
않는다고 해야 하지만 기억 속에 살아 있다. '가장 희
미해진 사람'이란 그런 상태를 의미할 것이다. 그는 눈
앞에 없지만 비를 껴안으면서 울게 만드는 사람, 잊힌
사람이지만 사실은 가장 잊히지 않는 사람이다. 있다
고도, 없다고도 할 수 없는 '가장 희미해진 사람'은 부
재와 현존의 경계에 있다. 김미소 시에서 부재는 체험
의 영역에 속하며 보이지 않는 것을 느끼는 일은 가능

하다.

　김미소의 시가 낮고 아프고 어두운 곳에서 시작되었다는 것은 이제 자신의 시세계를 시작한 시인에게는 중요한 의미가 있을 것이다. 그의 화자는 혼자 웅크리며 자신을 가두곤 했다. 불행과 질병이 삶을 잠식하는 가운데 그는 1인 극장의 독백처럼 자신의 이야기를 들어 줄 누군가를 찾았다. "여보세요/아직 거기 있어요?"(「1인 극장」). 삶은 아픈 꿈이나 악몽이 아니다. 자신의 아픔과 상처에 골몰하지 않는다면 김미소의 시가 품게 될 세계는 넓고 크게 펼쳐질 것이다. "불안을 밀어내면 물음표가 생"(「우리에게 또 다른 해변은 없는지」)기는 과정에서 김미소의 시가 새롭게 탄생하기를 바란다. "꾹꾹 눌러/담았는데//사라지지 않는 말들"(「쓰레기통」)로 자신의 목소리를 만들었으면 좋겠다. 그에게 시詩는 갑작스럽게 삶을 덮치는 고통의 시간을 넘어 '흐린 날의 바깥을 상상하는'(「가장 희미해진 사람」) 능력이므로.

가장 희미해진 사람

2022년 11월 26일 1판 1쇄 펴냄
2023년 5월 31일 1판 3쇄 펴냄

지은이   김미소
펴낸이   김성규
편집   김안녕 김도현 김채현
디자인   신아영
펴낸곳   걷는사람
주소   서울 마포구 월드컵로16길 51 서교자이빌 304호
전화   02 323 2602
팩스   02 323 2603
등록   2016년 11월 18일 제25100-2016-000083호

ISBN 979-11-92333-36-6 04810
ISBN 979-11-89128-01-2 (세트)

* 이 도서는 2020년 '서울문화재단 장애예술인 창작활성화 지원사업'에 선정되어
  발간하였습니다.
* 이 책 내용의 전부 또는 일부를 재사용하려면 반드시 지은이와 출판사의 동의를
  얻어야 합니다.
* 잘못된 책은 교환해 드립니다.